bicotin va au marché

D'APRÈS ANNIE BUTEL IMAGES DE LUCILE BUTEL

albums du père castor flammarion

ISBN 2-08-160004-8

Un jour, la chèvre
dit à son biquet gris :
— Bicotin, mon fils,
tu deviens paresseux.
Frotte un peu ton museau,
prends ton panier
et va au marché,
ça te dégourdira les pattes.

Son panier au cou, Bicotin s'en alla cabriolant et broutillant le long des haies. Quand il arriva sur la grand-route, il vit un âne brun tirant une charrette : c'était Pipo qui allait vendre ses légumes au marché. Le biquet courut au devant de lui.

— Bonjour ! Pipo, je vais au marché.
Aurais-tu une petite place pour moi ?
— Bien sûr ! répondit Pipo,
pousse un peu les paniers et ne touche à rien.

En grimpant dans la charrette,
Bicotin buta sur un gros chou vert et bien frisé,
et il eut tellement envie de le manger
qu'il s'assit dessus pour ne pas le voir.
En redressant la tête,
il se cogna contre un écriteau.

— Qu'est ce qu'il y a écrit là-dessus ? demanda Bicotin qui n'avait pas appris à lire.

— Je le savais, dit Pipo mais... je l'ai oublié. "Tout est à vendre au meilleur prix", voila ce que disait l'écriteau.

La route était mauvaise, la charrette cahotait. Au dernier tournant, Bicotin faillit tomber à la renverse.

— Tiens-toi donc à l'écriteau, lui dit Pipo.

— Oui, dit Bicotin, tout fier d'être en voiture. Quelle belle entrée il allait faire sur la place du marché !

Les clientes de Pipo attendaient la charrette. D'habitude, elles se servaient chacune à leur tour, mais quand elles virent le chevreau et l'écriteau, elles s'avancèrent toutes, pour caresser Bicotin.

Une grosse fermière s'approcha et cria :
— J'offre six poulets contre le biquet !
— Six poulets ? dit une autre,
moi, j'en offre trois canards et quatre lapins !

Bicotin n'en croyait pas ses oreilles.
Quoi ! On voulait l'acheter comme une botte de radis !
Il bêla : "Mêêê mêêê, Maman chèvre ! Maman chèvre !"
Trop tard ! La fermière l'avait empoigné.
Pipo se mit à braire de toutes ses forces : "Hi han..."

Bicotin pleurait si fort
que le garde champêtre s'approcha.
— Qu'est-ce qui se passe ici ? dit-il.
Tiens !... Ce biquet porte un panier au cou ?
Voyons un peu ce qu'il y a dedans.

Le garde champêtre ouvrit le panier.
Il en retira une pièce de cinq francs
et un bout de papier qu'il déplia gravement,
puis lut tout haut :
"Prière de remettre à mon fils Bicotin :
du sel, un chou vert et une galette au beurre.
Signé : "La Chèvre".

— Ce biquet n'est pas à vendre dit le garde,
il est venu faire son marché !
La fermière le lâcha et, comme elle avait bon cœur,
elle prit dans son cabas une galette, un cornet de sel,
et les mit dans le panier de Bicotin.
Le garde champêtre acheta le gros chou vert
et le mit aussi dans le panier du biquet.

Bicotin, encore tremblant, remercia tout le monde en reniflant très fort.

— Rentrons, dit Pipo, le marché est fini.

La chèvre attendait au tournant de la route.

Bicotin se jeta au cou de sa mère,

tout fier de lui annoncer

qu'il valait trois canards et quatre lapins — au moins.

La chèvre, à son tour, remercia Pipo
de lui avoir ramené son biquet et demanda :
— As-tu bien vendu tes légumes au marché ?
— Très bien, il ne me reste qu'une botte de carottes !
— Je te l'achète, dit la chèvre, et je t'invite
à déjeuner, sans cérémonie : rien que des crudités.

Pipo ne se fit pas prier
et chanta une jolie chanson au dessert.

Imprimerie Pollina, 85400 Luçon - 2 - 1986 — Dépôt légal : 4e trimestre 1964 — Flammarion et Cie, éditeurs (N° 15108) — N° d'impression : 7734